L'HEUREUX REPENTIR,

DRAME.

FANNI,

OU

L'HEUREUX REPENTIR,

DRAME,

EN TROIS ACTES, ET EN VERS LIBRES.

Par M. DE B... DESGAGNIERS.

A GENEVE;

Et se trouve A PARIS,

Chez { La veuve DUCHESNE, rue St. Jacques.
{ CLAUDE HERISSANT, rue neuve Notre-Dame.

Et A LYON,

Chez CASTAUD, place de la Comédie.

M. DCC. LXXIV.

A MA MERE,

LA nature a des droits à notre premier hommage ; mais le cœur, plutôt que le devoir, me porte à vous offrir cet essai de mes foibles talents. Je vous le dédie, persuadé que je trouverai dans la tendresse d'une mere l'indulgence nécessaire à un jeune homme qui commence à entrer dans la carriere des lettres. Une Epître dédicatoire devroit nécessairement renfermer un éloge ; je n'entreprendrai point le vôtre. Ceux de qui vous êtes ignorée pourroient le croire suspect dans la bouche d'un fils ; & il deviendroit inutile pour les personnes qui vous connoissent : vos vertus sont gravées dans leur cœur.

ACTEURS.

Mylord THALAI.

Sir THOWARD, ami de Mylord Thalai.

JAMES, pere de Fanni & de Windham.

FANNI, Bergere.

WINDHAM, Soldat.

KANDIR, fils de Fanni, âgé de dix ans.

HARRIS, amie de Fanni.

ALTON, domeſtique de Mylord Thalai.

La Scene eſt en Angleterre.

L'HEUREUX REPENTIR,

DRAME.

ACTE PREMIER.

Le Théatre repréſente une campagne: on voit, dans le loinſain, quelques cabanes de paſteurs, & ſur le devant des gazons ombragés d'arbres.

SCENE PREMIERE.

FANNI, HARRIS.

HARRIS.

Pourquoi me dérober le ſujet de tes larmes ?
Depuis le jour qui nous unit ,
Ton ame s'abandonne à de triſtes alarmes :
Fanni, par tout la triſteſſe te ſuit :
Tu cherches les déſerts, & ton ame abattue
Se livre avec tranſport au chagrin qui la tue ;
Rien ne ſoulage ta douleur :
Bien ſouvent je t'ai vue éviter ma préſence ,

Pour aller, fans témoins, dans l'ombre & le filence,
　　　Pleurer, gémir fur ton malheur.
Tu crains de dépofer au fein de ton amie
Des peines qu'elle feule a le droit de calmer ;
　　　Je le vois trop, tu ceffes de m'aimer :
Tu veux rompre, Fanni, le doux nœud qui nous lie.

FANNI.

Par quel reproche amer déchires - tu mon cœur ?
Moi, ceffer de t'aimer ! c'eft me faire une injure.
　　　Si, devant toi, j'ai contraint ma douleur,
Ne t'en offenfe pas, chere Harris, & fois fûre
Que je t'aime toujours : j'ai craint de t'affliger :
Ton amitié pour moi, t'auroit fait partager
　　　Le tourment affreux que j'endure.

HARRIS.

　　Que ce langage me raffure !
　　Eh bien ! acheve, & ne crains pas
De m'affliger par cette confidence :
　　Que puis - je redouter, hélas !
　　De plus cruel que ton filence ?

FANNI.

　　Ecoute ; & par ma confiance,
　　Juge fi mon cœur a changé.
(*Elles vont s'affeoir fur le gazon qui eft fur le devant du*
　　　théatre.)
Mon pere eft, chere Harris, d'une honnête naiffance ;
　　De la fortune il fut mal partagé,
　　Avec honneur il fervit fa patrie ;
Et pendant fa jeuneffe, au milieu des combats,
　　Souvent il expofa fa vie ;
　　Mais, les troubles & les débats,
Qui, dans ce temps, ravageoient l'Angleterre,
Mirent obftacle à fon avancement :
Il jouiffoit d'une modique terre,

Seul

Seul bien qui lui restoit ; il y vivoit content,
Heureux , dans une paix profonde ,
Éloigné du chaos du monde ,
Lorsqu'un procès , intenté sans raison ,
Le réduisit à la misère :
Privé de tout secours , mais sans ambition ,
Il devint , sans rougir , Fermier du Lord Dirton :
Un fol orgueil n'aveugla point mon pere ,
Il sut se contenter de son nouvel état ,
Pensant que les biens & l'éclat
Ne font pas le bonheur du sage.
Il préféroit au tumulte des cours
La tranquillité du village :
Avec ces sentiments il passa d'heureux jours.
Deux enfants , un fils , une fille ,
Voilà le fruit de ses amours.
Mais , le courroux du ciel vint frapper sa famille :
Mon frere disparut.... depuis ce jour, Harris ,
De ses destins nous n'avons rien appris
Et nous n'espérons plus avoir de ses nouvelles.
Mon pere affoibli par les ans ,
N'eut plus que des jours languissants.
Je rendois , par mes soins , ses peines moins cruelles ;
Je lui donnois tous les secours
Qu'on doit à l'auteur de ses jours :
Aussi , pour moi , sa tendresse est extrême.

H A R R I S.

Fanni , je sais combien il t'aime ;
Combien sa fille intéresse son cœur.

F A N N I.

Entends la suite ; & vois tout mon malheur.
J'étois dans l'âge heureux , où l'amour , à notre ame ,
Pour la premiere fois fait ressentir sa flamme ;
Déjà mes yeux charmoient les bergers du hameau ,

B

Lorsque Mylord Thalai se rendit au château.
Il me vit , & je sus lui plaire :
Pour lui , chere Harris , à mon tour ,
Je me sentis brûler du plus ardent amour ;
Sa fortune , son rang , ne purent m'en distraire :
Enfin , Mylord me dit un jour ,
Qu'épris d'une flamme sincere ,
Dans ma possession il mettoit tout son bien :
Qu'il falloit nous unir par un secret lien ,
Jusqu'à ce que son oncle eût fini sa carriere :
Mon pere , de cette union ,
Craignant la suite dangereuse ,
Refuse , de Mylord , la proposition.
A sa réponse rigoureuse ,
Thalai perdit le sentiment.
La crainte me saisit... je vole à mon amant....
Le cri de ma douleur le rappelle à la vie :
Il me voit , & me dit d'une voix affoiblie ,
,, Adieu Fanni ; je meurs en t'adorant. ,,
Son état de mon pere ébranle la constance ;
Je le vois attendri : je me jette à ses pieds ....
Mes yeux de pleurs étoient noyés. ...
Je le presse , l'embrasse , il cede à mon instance ;
Le jour est pris. ... bientôt , hors de danger ,
Mon amant voit finir ses cruelles alarmes ...
Devois-je craindre , hélas ! qu'il dût sitôt changer ;
Qu'il me feroit , un jour , répandre tant de larmes !
(*Elles se levent.*)

H A R R I S.

Retiens tes pleurs ; écoute la raison :
C'est une consolation
De déposer sa peine au sein de son amie.

F A N N I , *avec douleur.*

Mylord a fait le chagrin de ma vie :

Il a rompu des nœuds qui faifoient mon bonheur...
Mais Thoward, Thoward feul avoit tramé le crime ;
Et conduite à l'autel, je devins la victime,
        De fa déteftable noirceur :
    Trompée, enfin, par un faux hyménée ;
        Tu vois qu'elle eft ma deftinée,
        Et tout l'excès de mon malheur.....
        Harris, c'eft affez t'en apprendre ;
        Par ce récit tu peux comprendre
        Quelle doit être ma douleur.

H A R R I S.

Que je te plains !

F A N N I, en pleurant.

            Pour comble de rigueur ;
    Je ne faurois, & telle eft ma mifere,
Tout perfide qu'il eft, le chaffer de mon cœur :
Son image devient à mon ame plus chere ;
    Et le cruel époufe Mifs Cari !
Goûte-t-il dans fes bras, un bonheur plus paifible ?
La fille d'Hamilton eft-elle auffi fenfible
        Que fa Fanni, dont il fut fi chéri ?

H A R R I S.

Crois ton amie ; oublie un infidele ;
    Pour un ingrat ta peine eft trop cruelle.
Je voudrois demeurer en ces lieux plus long-temps ;
        Mais, je dois retourner aux champs ;
        Mon devoir loin de toi m'appelle :
D'ailleurs, mon pere ignore où j'ai porté mes pas ;
        Près de lui je me rends.

SCENE II.

FANNI *seule.*

Hélas !
Ne suis - je pas bien malheureuse ?
De mon cœur déchiré que la peine est affreuse !
Pourrai - je donc la supporter ?
Les pleurs font ma seule ressource ....
Eh ! quoi ! ne faut-il plus compter
D'en voir un jour tarir la source ?
Dois-je en verser jusqu'à la mort ?
O ciel ! ... Fanni quel est ton sort ?
Ton époux t'abandonne ; il te fuit, il t'outrage ;
D'un indigne artifice il osa faire usage....
Ah ! Mylord ! ... & c'est vous qui faites mon malheur !
Vous me laissez en proie au déshonneur ;
De la tendre Fanni vous oubliez l'image :
Son cœur n'est plus rien à vos yeux,
Et l'opprobre & la mort deviennent son partage :
Je n'adorois que vous, que vous seul. .. justes cieux !
C'est peu ; vous seul encor, faites mourir mon pere.
Et votre fils, Mylord, gage de nos amours,
Que doit-il espérer ? plongé dans la misere,
Un pénible travail sera son seul recours.
O mon fils ! cher Kandir ! ... mais, le voici lui même

SCENE III.

FANNI, KANDIR.

KANDIR, *à part, & d'un air triste.*

JE cherche en vain maman ; elle me fuit toujours.
(*L'appercevant.*) (*il court à sa maman.*)
C'eſt - elle ! m'aimez-vous ?

FANNI *aprés l'avoir embraſſé.*

Mon cher fils , ſi je t'aime !

KANDIR.

Ne me quittez donc plus , c'eſt me déſeſpérer.
Mais vous verſez des pleurs !

FANNI , *en pleurant.*

Puis - je ne pas pleurer ?
(*Le preſſant dans ſes bras.*)
Ah ! mon fils , ton état cauſe toute ma peine.

KANDIR.

Il ne me manque rien quand je ſuis près de vous ;
A la chaumiere , dans la plaine ,
Vous me prenez ſur vos genoux ;
Vous m'embraſſez ; pour moi c'eſt un plaiſir ſi doux !
Ah ! ma chere maman ; eh ! pourquoi donc me plaindre ?
Je me trouve heureux & content ;
Et pour Kandir vous n'avez rien à craindre.

FANNI , *ſe détournant.*

Sa vue & ſes diſcours augmentent mon tourment.
Ciel ! prends pitié de ſa jeuneſſe.
(*A Kandir, le regardant avec douleur.*)

Privé d'un pere, hélas ! dont la tendreffe....

KANDIR, *l'interrompant.*

C'eft donc papa qui caufe nos malheurs ?
(*Fanni fe coüvre le vifage de fon mouchoir.*)
Je voudrois bien le voir.... vous pleurez davantage :
(*Fanni, l'embraffe avec tendreffe.*)
Vos larmes baignent mon vifage :
Je partage, maman, l'excès de vos douleurs.

FANNI, *pleurant amerement.*

Mon ami ; mon cher fils ! aime toujours ta mere ;
Que fes malheurs te la rendent plus chere :
Pardonne-lui de t'avoir mis au jour.
O fruit infortuné d'un malheureux amour,
Ne prononce jamais le tendre nom de pere ;
Il n'eft pas fait pour toi !... ton fort eft bien affreux :
D'amertume il remplit ma vie ;
Dans l'horreur du néant il nous plonge tous deux.

KANDIR.

Voici mon grand papa.
(*Kandir, court au devant de James & lui donne la main.*)

SCENE IV.

FANNI, JAMES, KANDIR.

JAMES *à Fanni, & avec douleur.*

BOn jour, ma chere amie.
(*à Kandir.*)
Viens ; reçois mes embraſſements.
(*A Fanni, après avoir embraſſé Kandir.*)
Fanni , j'ai quitté mon ouvrage ;
Mais , ma foibleſſe & mon grand âge
Ne me permettent plus de travailler long-temps.
Ton pere eſt bien vieilli , ma fille ;
Et l'affront, dont Mylord a couvert ma famille ;
La douleur qu'il me cauſe, hélas ! ſur mes vieux ans. . .

FANNI, *l'interrompant.*

Ceſſez de rappeller à mon ame offenſée. . .

JAMES, *reprenant vivement.*

Son crime reviendra toujours à ma penſée ;
Je n'oublîrai jamais qu'il devint mon bourreau ;
Que ta vertu par lui fut outragée :
Son odieux forfait , m'a conduit au tombeau ,
Où je deſcends, enfin , ſans que tu ſois vengée.
Il fut un temps , tu t'en ſouviens ,
Où ton pere goûtoit un ſort doux & tranquille ;
J'ai tout perdu , repos , honneur & biens.
Réduit à me cacher, dans ce ſauvage aſyle ,
Pour dérober ma honte au reſte des humains. . . .
Le déſeſpoir qui dans ces lieux m'exille ,
Ajoute encore à mes cruels deſtins . . . .

Et ce Mylord , lui feul , dé ma trifte vieilleffe ,
Empoifonne les jours ! il me les rend affreux.

F A N N I vivement.

Ah ! n'accufez que moi. Sans ceffe
Je me plaindrai de ma foibleffe.
Sans mon amour nous ferions tous heureux.

J A M E S.

Va ; ton cœur étoit pur , tu n'es point criminelle.
N'accufons que Thalai. Sa trahifon cruelle
   Me déshonore , & fait rougir mon front.
Que ne puis-je , à mon gré , punir un infidelle ,
Et laver dans fon fang , un fi terrible affront ! ...
   Mais , mon bras affoibli par l'âge ,
   Ne peut feconder mon courage :
Si quelqu'ami , du moins , fenfible & généreux ,
Embraffoit ma querelle , & vengeoit mon outrage ! ...
Tout m'abandonne... hélas ! on fuit les malheureux ;
Dois-je m'en étonner ! ... mon affreufe indigence
   Éloigne de moi les mortels ....
Il me reftoit un fils ; c'étoit mon efpérance :
Il eût avec ardeur entrepris ma défenfe ;
Je ne gémirois plus dans des tourments cruels...
Mais , le fort trop injufte , à mon bonheur contraire ,
Enleve à mon amour ce fils , mon feul efpoir.

F A N N I.

Pourquoi vous rappeller le fouvenir d'un frere
   Que nous ne devons plus revoir ?
   Perfonne n'a pu nous inftruire ,
Depuis qu'il eft parti , s'il eft mort , s'il refpire :
Ce filence profond défefpere fa fœur.

J A M E S.

Ah ! par de nouveaux traits tu déchires mon cœur !
Ce difcours accablant redouble mon martyre ;

Il

Il accroît mon tourment affreux :
Tu me ravis l'espoir, seul bien des malheureux.

FANNI.

Si votre Fanni vous est chere ;
Si ses jours vous sont précieux,
Épargnez-lui les pleurs qui coulent de vos yeux ;
Dérobez-moi cette douleur amere.

JAMES.

(*Après un long silence.*)
Hélas !.... tu vois que de ces lieux,
Le soleil, mon enfant, va bientôt disparoître ;
Nos brebis ont cessé de paître :
Il est temps, ma Fanni, de nous rendre au hameau :
Je vais, avec Kandir, rassembler le troupeau ;
Et dans peu je reviens.

Il donne la main à Kandir & sort avec lui.

SCENE V.

FANNI, *seule.*

Ciel ! toujours inflexible,
Mon pere infortuné brûle de se venger ;
Toujours à mes pleurs insensible,
Dans le sang de Mylord il voudroit se plonger :
Il n'a que sa fureur pour guide.....
En vain, dans mon époux je rencontre un perfide ;
Sa trahison, son crime, & sa lâche noirceur,
Ne sauroient, un moment, le bannir de mon cœur.

C

SCENE VI.

FANNI, WINDHAM, *en uniforme.*

FANNI, *à part.*

Quel étranger s'offre à ma vue ?

WINDHAM.

En vain je cherche quelque issue ;
Dans ces déserts je me suis égaré.
  (*Appercevant Fanni.*)
Mais, sur mon sort je vais être éclairé.
(*A Fanni, après s'être approché d'elle.*)
Ces lieux vous sont connus sans doute ;
Je vais à Londre, & j'ai perdu la route,
Voulez-vous bien me l'enseigner ?

FANNI, *lui montrant le chemin.*

Par ce sentier vous pouvez la gagner
Monsieur, & ...

WINDHAM.

Je vous remercie.
Mais il est tard ; dites-moi, je vous prie,
Dans ce hameau peut-on loger ?
Y reçoit-on quelquefois l'étranger ?

FANNI.

Vous n'y verrez que des chaumieres,
Qu'habitent des pasteurs. Des roseaux, des fougeres,
Qu'ils ont soin, dans l'été, de sécher au soleil,
Voilà leurs lits : c'est-là qu'ils goûtent le sommeil.

W I N D H A M.

On repose par-tout , quand le cœur est tranquille.

F A N N I.

Si vous pensez ainsi , Monsieur ,
De vous loger il sera très-facile.
(*à part.*)
Son aspect , malgré moi , dissipe ma douleur.

W I N D H A M, *à part.*

Cette Bergere ici me rappelle une sœur. . . . . .
Quand je partis elle étoit jeune encore :
Chaque printemps paroissoit l'embellir. . . . . .
Sans secours , & sans biens , j'ignore
Ce que depuis elle a pu devenir.
Et mon pere , peut-être..... ah ! triste souvenir ,
Dont l'amertume me dévore.

F A N N I, *à part.*

Je vois couler ses pleurs...... je me sens attendrir.

W I N D H A M, *à Fanni , voyant venir James.*

Quel est ce vieillard vénérable ?

F A N N I.

C'est mon pere , Monsieur.

W I N D H A M.

Qu'il a l'air respectable !

C 2

SCENE VII.

FANNI, JAMES, WINDHAM, KANDIR.

JAMES, *sans appercevoir Windham.*

Il est tard ; le soleil se dérobe à nos yeux ;
Ne restons pas plus long-temps dans ces lieux ;
Car dans la nuit....

WINDHAM, *à part.*

O ciel ! mon trouble
A son aspect de plus en plus redouble :
Ce bon vieillard, à mon cœur interdit....

JAMES, *à Fanni, appercevant Windham.*

Mais, quel est ce soldat ? Lui peut-on être utile ?

FANNI.

Oui, c'est un voyageur qui vient, pour cette nuit,
Implorant vos bontés, demander un asyle.

JAMES, *à Windham.*

Que n'est il en notre pouvoir,
Monsieur, de vous bien recevoir !
Mais le destin nous fut toujours contraire.

WINDHAM.

Votre bon cœur suffit ; & c'est avec plaisir.....

JAMES, *l'interrompant avec surprise.*

Ciel ! Qu'entends-je ? Fanni !

FANNI, *courant à son pere.*

Mon pere !

JAMES, *soutenu par Fanni.*

De mon étonnement je ne puis revenir....

(*A Windham, avec intérêt.*)
Approchez-vous ?... Les traits de son visage ,
Sa voix, son maintien, & son âge....
Ah ! j'ai peine à me soutenir.

WINDHAM, *vivement.*

Dieu ! de quel charme inconcevable
Tout mon cœur se sent-il saisir ?

JAMES, *avec feu.*

Le ciel prend-il pitié de mon sort déplorable !...
(*Ici Kandir sort.*)
(*avec plus d'intérêt.*)
Quel est votre nom, votre état ?
Un mot peut me rendre à la vie.

WINDHAM.

Je suis un malheureux soldat :
Après avoir servi quelque temps ma patrie,
Je fus fait prisonnier.... Dix ans dans les prisons
Ont bien éprouvé mon courage !
Enfin la paix unit les nations ;
Elle met fin à mon triste esclavage :
Et je me rends à Londre où j'ai reçu le jour.

JAMES, *vivement.*

Sans doute que le ciel hâte votre retour ?

(*Avec le plus grand intérêt.*)
Votre pere vit-il encore ?
Répondez ?

WINDHAM.

Monfieur, je l'ignore.

JAMES.

Comment fe nommoit-il ?... (*à part.*) je ne fais quel
foupçon......

WINDHAM.

Pauvre, mais vertueux, James étoit fon nom.

JAMES, *lui tendant les bras.*

Mon fils, viens embraffer ton pere.

WINDHAM.

Son fils !
(*Il fe précipite dans les bras de fon pere.*)

FANNI.

C'eft Windham ! c'eft mon frere !

JAMES, *le preffant contre fon fein.*

Je te preffe en mes bras... mon fils !... mon fils, c'eft toi !

WINDHAM.

(*courant embraffer fa fœur.*)
O mon pere !...ma fœur !
Quel heureux jour pour moi !
(*examinant fon pere avec attention.*)
Mais, quel eft votre état ?

JAMES, *vivement.*
Ah ! mon fils, la mifere

Eſt pour nous le moindre des maux.

WINDHAM.

Que dites-vous ? quel étrange propos ?

FANNI.

Ta malheureuſe ſœur, hélas ! eſt criminelle.
Frappe.

JAMES, *avec feu.*

Non, mon fils, non ; on m'a trompé comme elle.
Ne lui reproche rien ; ſon cœur eſt pur.

WINDHAM.

Ah ciel !
De tout ce que j'entends mon ame eſt confondue.
Mon pere, éclairciſſez un doute qui me tue.

JAMES, *avec force.*

Tu dois punir un criminel.
Venge-toi dans le ſang d'un traître.
Mon fils, tu vas bientôt connoître
Quel eſt le monſtre, le cruel....
(*avec plus de force.*)
Je lis dans tes regards le tranſport qui t'anime.
De l'auteur de nos maux, eh bien ! connois le nom,
C'eſt Thalai....

WINDHAM, *d'une voix étouffée.*

Ciel !...

JAMES, *toujours avec force.*

Neveu du Lord Dirton,
Dont j'étois le Fermier.... Ecoute ; apprend ſon crime :
Lui ſeul de mon état cauſe toute l'horreur....

Par un faux mariage il a trompé ta sœur....
   Windham, c'est affez t'en apprendre ;
Venge-toi.... venge-nous....

WINDHAM.

   Dieu ! que viens-je d'entendre !

JAMES, reprenant avec le plus grand feu.

Je dis au Lord Dirton , qu'en lâche fuborneur ,
Son neveu trahiffoit la flamme la plus pure ;
   Il fe joua de ma douleur ;
  Il méprifa le cri de la nature :
  Il m'offrit des tréfors.... L'honneur
Ne fe rachete point , mon fils , par la richeffe....
Je refufai fon or & fa protection :
De fi nobles refus font traités de foibleffe :
   J'infifte ; le cruel Dirton ,
Me fait indignement chaffer de fa maifon.
  Ah ! par cette nouvelle offenfe....

WINDHAM, l'interrompant vivement.

Je ne puis plus long-temps différer ma vengeance :
Je n'ai point vu Thalai , je ne fais que fon nom ;
Il me fuffit.... Bientôt il me fera raifon.
Demain , fans plus tarder , je veux partir pour Londre ;
Dans peu Milord va tomber fous mes coups.

FANNI, vivement.

Non , il ne mourra pas.

WINDHAM.

   Qu'ofes-tu me répondre ?
FANNI,

FANNI, *avec feu.*

Tout perfide qu'il eft , Milord eft mon époux :
C'eft en vain que tu veux en faire ta victime ,
Je faurai le défendre aux dépens de mes jours.....
    C'eft mon époux.

WINDHAM.

              Après fon crime
Il ne l'eft plus.

FANNI , *vivement.*

             Il l'eft toujours.
Mais fi c'eft peu pour affouvir ta rage,...

(*tendrement.*)

Je l'aime.

WINDHAM , *avec force.*

Ton amour le rend plus criminel.

FANNI , *tendrement.*

Cher Windham !

WINDHAM , *la repouffant avec fureur.*

    C'eft en vain....

FANNI , *avec le plus grand feu.*

            Ah ! frere trop cruel !...
Eh bien ! ma paffion t'outrage...
Frappe.... Qui peut te retenir ?
Je recevrai la mort avec plaifir.
Elle eft le feul bien où j'afpire :
Depuis le jour que je refpire,
Le ciel m'a fait envier le trépas. ...

                      D

(*avec vivacité.*)
          Je vois couler tes pleurs.... hélas !

(*avec la plus grande tendresse.*)
Plains ta sœur, plains Fanni ; son malheur est extrême ;
Je pardonne à Thalai , pardonne-lui de même.
Qu'il vive. ...

          J A M E S , *vivement.*

    Lui ! ce traître !... (*à Fanni.*) oses-tu l'en presser !

  (*à Windham.*)
Ah ! mon fils !... le perfide !... il feint de l'épouser,
          Il nous couvre d'ignominie ;
Eh quoi ! sa trahison resteroit impunie ?

          W I N D H A M , *froidement.*

    Je sais ce qu'exige l'honneur.

          J A M E S.
Allons. ...

    F A N N I , *se précipitant aux pieds de son pere.*

    Mon pere !... hélas ! vous ferez mon malheur
          Arrêtez , je vous en conjure ;
    Ayez pitié des peines que j'endure.

    J A M E S , *après l'avoir relevée.*

Le sort en est jeté. Fanni , seche tes pleurs :
Nous allons voir bientôt finir tous nos malheurs.
Je méprise les biens, l'honneur seul m'intéresse ;
Et c'est , pour un grand cœur , la premiere richesse.

  (*Il sort ; Kandir rentre & lui donne la main ;
  Fanni les suit en pleurant amérement , & se cou-
  vrant le visage de son mouchoir. Cette fin d'Acte
  est dans la nuit.*)

ACTE II.

(Le Théâtre repréfente un bois fombre , & des rochers fur le devant , où l'on peut s'affeoir.)

SCENE PREMIERE.

THALAI, ALTON.

THALAI, *en voyageur.*

Qu'on tienne , Alton, mes chevaux prêts ;
Un moment , dans ces bois , je veux prendre le frais ;
(*avec impatience , voyant qu'Alton fort avec peine.*)
Allez.... Laiffez moi , je vous prie.

SCENE II.

THALAI, *feul , d'un air fombre.*

Il faut , ou terminer ma vie ,
Ou réparer tout le mal que j'ai fait.
(*Il fe promene.*)
Le fouvenir de mon forfait
Toujours me trouble & m'intimide ;
Toujours mon cœur eft en proie aux remords,

(*après un long silence.*)
Loin de Thoward, de cet ami perfide,
Dont je dois redouter les funestes abords,
Tâchons de rappeler le calme dans mon ame.
Long-temps le traître a combattu ma flamme,
Et j'ai trop écouté son horrible conseil. ...
Mais, dans ce lieu, que jamais le soleil
De ses rayons n'échauffe ni n'éclaire,
Livrons nous, s'il se peut, aux douceurs du sommeil.
(*Il s'assied sur les rochers qui sont sur le Théatre.*)
L'obscurité de ce bois solitaire,
Conforme à ma douleur, me devient nécessaire.
(*Il veut s'endormir.*)
Je ne puis reposer. ... Mon crime affreux, hélas !
Toujours présent à ma pensée,
Offre à mes yeux une femme offensée,
Que mes pleurs n'appaiseront pas.

SCENE III.

THALAI, ALTON.

ALTON, *accourant.*

AH ! Milord, Sir Thoward aura suivi vos pas,
Il vient.

THALAI.

Quelle rage l'anime !
Fuyons... (*Alton sort ; & Thoward entre, qui ramene
Thalai.*)

S C E N E I V.

THALAI, THOWARD.

T H O W A R D , *d'un ton léger.*

JE te rejoins ; le ciel en foit béni !

T H A L A I , *vivement.*

Viens-tu faire à mon cœur, commettre un nouveau crime?
Ta funefte amitié m'a plongé dans l'abîme ;
Elle m'a fait abandonner Fanni .....
Dieu ! .... tu vis naître ma tendreffe ,
Je te montrai tout mon amour ,
Tu vis que, fans Fanni, je déteftois le jour.
Ton ame flatta mon yvreffe ;
Mais tu ne fervois ma foibleffe
Que pour mieux me tromper , perfide , en m'abufant ...
Eft-ce ainfi qu'en agit un ami véritable ? ...
Ton cœur eft affez vil , il eft affez méchant ...
L'enfer hélas ! pour mon tourment ,
Te fuggéra ce projet exécrable ,
Dont j'ai toujours détefté la noirceur ... :
Ah ! j'en frémis encor d'horreur.

T H O W A R D.

Mais , c'eft un tour abominable.

T H A L A I.

Réfléchis un moment , & defcends dans ton cœur ,
Tu connoîtras ton horrible injuftice ,

Et le forfait dont je devins complice.....
Je brûle d'obtenir, de posséder Fanni ;
Tu me presses alors ; tu saisis l'avantage
Que te donnent sur moi ma foiblesse & mon âge...
Le ciel ne t'en a pas puni !...
Je deviens, à la fin, victime de ta rage,
Et je souscris à tes desirs :
J'abuse de Fanni.... j'ai causé ses soupirs !..
Que de maux a soufferts cette ame vertueuse ! ....
Et c'est Thalai, Fanni, qui te rend malheureuse ;
C'est son ami qui lui conduit la main,
Pour te plonger un poignard dans le sein !

T H O W A R D, d'un ton ironique.

Une bergere belle & sage,
La perle & l'honneur du village,
La tromper !.... c'est un crime indigne de pardon.

T H A L A I.

Ce ton railleur, qui n'est plus de saison,
M'outrage, offensant ce que j'aime :
Je respecte Fanni.... respecte-la de même.

T H O W A R D, persiflant.

Sans doute.... Eh bien ! en nouveau Céladon,
Parcours, pour la trouver, les côteaux & les plaines ;
Accuse le destin de l'excès de tes peines ;
Par de plaintifs accents fatigue les échos :
De nos anciens Romans, rappelle les héros....

(Avec un rire amer & ironique.)
C'est un emploi divin que la chevalerie !

T H A L A I.

Quoi qu'il en soit, mets fin à ta plaisanterie.

THOWARD, *toujours persiflant.*

Parbleu , je ne souffrirai pas
Que tu fasses , Milord , une telle folie :
Fanni , j'en conviendrai , possede des appas ;
Elle est sage , faite pour plaire ;
Mais de ton oncle elle étoit la fermiere ;
Ecoute un moment la raison :
Te voilà , par la mort de ton oncle Dirton ,
Maître d'un bien considérable ;
Lorsque tu peux jouir d'une vie agréable ,
Et satisfaire tes desirs ;
Te procurer tous les plaisirs
Que l'on goûte enfin à ton âge ;
Tu pourrois t'engager dans un sot mariage ?
Il n'en sera rien , ami , non :
Que deviendroit ta réputation ?
Profite d'un conseil utile ;
Ouvre les yeux ; retournons à la ville :
C'est-là que l'on peut vivre heureux :
Là , parmi les ris & les jeux ,
C'est toujours nouvelle partie ;
Spectacle , bal , & souper fin . . . .
Et voilà , comme il faut , enfin ,
Pour être heureux , passer sa vie.
Ainsi , mon cher Milord , vivent les jeunes gens . . . .

THALAI, *l'interrompant vivement.*

Oui , ceux qui , comme toi , perfides & méchans ,
Du véritable amour n'ont pas senti la flamme.
Sans sentiment , sans cœur , sans ame ,
Ils n'ont jamais connu la source du bonheur.
Qui , moi ! j'irois passer les instants du bel âge
Dans la débauche & le libertinage ;
Et foulant à mes pieds la probité , l'honneur ,
Voir consumer mes jours dans le trouble & l'horreur !

T H O W A R D.

Oh ! non ; il faut être fidele :
Toujours brûler d'une conftante ardeur.

T H A L A I, *avec feu.*

Thoward, à cette vie indigne & criminelle,
Qui de maux eft toujours une fource nouvelle,
    Comparons celle des hameaux,
    Toujours, par des plaifirs nouveaux,
La volupté dans ces lieux nous appelle :
    Notre ame s'ouvre au vrai bonheur ;
    Nous contemplons la douce yvreffe
    D'un couple heureux dont la tendreffe
    N'écoute que le cri du cœur.
    En vain l'ambition murmure ;
    On n'a pour loi que l'équité.
    Toujours la naïve beauté,
Que cultiva la main de la nature,
Produit en nous cette félicité,
    Partage heureux d'une ame pure :
    Et c'eft-là ma divinité.
Loin de la cour, des troubles de la ville,
Le fage vit dans une paix tranquille :
    Toujours il voit un ciel ferein.
Les remords dévorants n'agitent point fon ame ;
Au fein de l'amitié qui le guide & l'enflamme,
Il attend de fes jours tranquillement la fin.
    S'aimer & toujours fe le dire,
    A foi-même enfin fe fuffire ;
    Etre fans crainte, fans defirs,
Sans nulle ambition, fans fiel, fans artifices ;
Pratiquer les vertus & détefter les vices :
Voilà, voilà, crois-moi, quels font les vrais plaifirs.
                                THOWARD,

T H O W A R D, *à part.*
Il eſt, ma foi, plus amoureux encore.

T H A L A I.

Loin de goûter des biens auſſi parfaits,
    Près du tendre objet que j'adore,
Je l'abandonne à d'éternels regrets :
    Je le fuis, je le déshonore.....
        (*Avec force.*)
    Conçois-tu bien l'ennui qui me dévore ?
J'aurai cauſé les maux de l'aimable Fanni ;
A ſon dernier excès, j'aurai porté l'outrage ;
Et mon crime, en ce jour, reſteroit impuni !...
        (*Avec fureur.*)
    Ah ! je ſens redoubler ma rage....
Tu crois, par tes diſcours, éblouir ma raiſon,
    Ta bouche ici vient ſouffler le poiſon :
Fuis, cruel.

T H O W A R D.

    Ton courroux & m'indigne & m'offenſe,
C'en eſt trop, pour jamais j'évite ta préſence.

T H A L A I, *l'arrêtant.*

Arrête ! ce diſcours doit-il donc t'affecter ?
Mon cœur, hors de lui-même, a-t-il pu le dicter ?
Pardonne....

T H O W A R D.

Je conſens à perdre la mémoire
    De ton injuſte procédé :
J'ai voulu, cher ami, par l'amitié guidé,
    De cet objet, qui dégradoit ta gloire,
        Entiérement le détacher ;
Mais jamais mon deſſein ne fut de te fâcher :
Je t'ai dit vrai, Mylord ; mon ami doit me croire...

                            E

Mais parlons de Fanni.... tu penses donc toujours
À cet objet de tes tendres amours?

THALAI.

Si j'y pense, Thoward! je ne desire qu'elle;
Mon cœur toujours lui demeura fidele.
Un oncle, tes conseils, un peu d'ambition,
Me firent épouser la fille d'Hamilton:
Mais la mort de mon oncle & celle de ma femme
Me rendent pour jamais à l'objet de ma flamme.

THOWARD.

Oui, mais, comment trouver?....

THALAI.

Alton
Croit, dans ces lieux, avoir apperçu Jame.
Et si sa fille.... hélas! peut-être que la mort.....
Je frémis.... Dieu! cette idée accablante,
Dans ce moment cruel, m'agite, me tourmente;
Elle semble ajouter à l'horreur de mon sort....
Ah! si Fanni, dans l'excès de sa peine,
N'avoit pu résister à tant de maux divers.

(*Avec fureur.*)
Oui; je le jure aux yeux de l'univers,
Ma mort bientôt auroit vengé la sienne.

THOWARD

Quelle étrange fureur, cher Thalai, te poursuit?

THALAI.

Thoward!.. mon oncle!.. où m'avez-vous réduit?

THOWARD.

Ecoute; & prends, Milord, un esprit plus tranquille.

T H A L A I, *d'un air sombre.*

Va ; tu me donnerois un conseil inutile.
Pour l'homme criminel il n'est point de bonheur....
Mon cœur n'est plus en paix, Thoward, avec lui-même.
Quoi, j'ai trompé Fanni, le tendre objet que j'aime !..
Mon crime... mes remords... Ah ! je me fais horreur.
Allons cacher ma honte aux yeux de tout le monde.

(*Il sort.*)

S C E N E V.

T H O W A R D, *seul.*

IL paroît accablé de sa douleur profonde :
    Le désespoir, qui se lit dans ses yeux,
De son cœur déchiré marque l'état affreux.
    En vain je le plains, je le blâme ;
La raison aujourd'hui ne peut rien sur son ame...
    (*Il se promene un instant.*)
Mais, dût-il m'abhorrer, je prétends le guérir ;
    Et chasser de son souvenir
    Cet indigne objet de sa flamme.
Son amour.... non, je ne puis consentir
    Qu'il épouse cette fermiere...:..
    Mais, quel parti prendre ? que faire ?
    (*Après avoir un peu rêvé.*)
    Feignons d'approuver ses desseins ;
    Devant lui flattons sa tendresse :
    Mais bien loin d'y prêter les mains,
Employons tout pour guérir sa foiblesse ;
    Perdons, s'il le faut, sa maîtresse,
    Pour mieux parvenir à mes fins.....

Si je pouvois rencontrer cette belle ;
À l'aide d'un mensonge heureux......
Allons, & que rien ne décele
Un projet aussi hazardeux.
Sans doute son amant fidele,
Conduit par son ennui, reviendra dans ces lieux ;
Dans ce taillis cachons-nous à ses yeux.

(Il se cache.)

S C E N E V I.

WINDHAM, HARRIS, *dans l'enfoncement du Théatre.*

H A R R I S.

Qui, vous, Windham, frere de mon amie ?

W I N D H A M.

Oui, je suis cet infortuné,
Qu'attendoient, en ces lieux, l'opprobre & l'infamie;
Toujours un sort affreux persécuta ma vie ;
Au plus grand des malheurs le ciel m'a destiné.

H A R R I S.

Dans l'ame de Fanni, je vais porter la joie :
Et pour elle des cieux la faveur se déploie.
Son époux est ici, l'amour l'a ramené.

W I N D H A M *avec surprise.*

Expliquez-vous ?

H A R R I S.

Quelqu'un m'a dépeint sa figure ;
Et s'il faut en juger, Monsieur, par le portrait

Que si souvent Fanni m'a fait,
Mylord est dans ces lieux.

W I N D H A M avec joie & à part.

Mylord !... sa perte est sûre ;

à Fanni.
Il me suffit ; allez....　　　　　(Harris sort.)

(Windham, avançant sur la scene.)
James sera vengé !

S C E N E V I I.

WINDHAM, THOWARD, sortant du bosquet.

T H O W A R D , à part.

QUelqu'un pénetre en ce bocage.

W I N D H A M, sans appercevoir Thoward.

Oui, sa mort....

T H O W A R D , à part.

Le chagrin altere son visage.

W I N D H A M, toujours sans voir Thoward.

Que le temps paroît long à mon cœur outragé !

(Il s'avance jusques sur le devant du théatre.)
Ah ! perfide Thalai !

T H O W A R D , à part & avec étonnement.

Quelle fureur le guide ?
Mon ami !.... devant moi le traiter de perfide ;
(haut & d'un ton ferme.)
L'insulter à ce point !... Monsieur, connoissez-vous

Celui qu'offense ici votre injuste courroux ?

WINDHAM, froidement.

Je ne sais que son nom : dès ma plus tendre enfance
J'ai quitté mon pays : mais Mylord est sans cœur.
Jamais il ne connut l'honneur.

THOWARD, avec colere.

C'est trop souffrir ton insolence :
Tu ne peux de Mylord éviter la vengeance.
Et dans ces bois, Thalai, que tu viens d'offenser...?

WINDHAM, l'interrompant, & à part.

Thalai !... c'est lui... la haine qu'il m'inspire,

(avec une joie mêlée de fureur.)

Son trouble... oui, c'est lui ; tout me le fait penser.

THOWARD, avec feu.

Apprends, que dans ce lieu respire...

WINDHAM, l'interrompant avec colere.

Oui, je connois le cœur que mon bras doit percer.

(à part, & avec vivacité)

Harris avoit raison ; je vais punir le crime ;
Le Ciel, en ma faveur, paroît s'intéresser :
Lui-même amene ma victime ;
A mon juste courroux rien ne peut s'opposer ;
Et, sans aller plus loin, je vais me satisfaire.

THOWARD.

Sache....?

WINDHAM vivement.

Je sais tout ce qu'il faut savoir.
Crois qu'il n'est plus en ton pouvoir
D'éviter ma juste colere.

Point de difcours, ils font tous fuperflus ;
Suis-moi.

THOWARD.

Je ne réfifte plus.
Allons. (*Ils fortent , & fe battent dans la couliffe.*)

SCENE VIII.

THALAI, ALTON.

*Ils entrent du côté oppofé à celui où Windham & Thoward
font fortis.*

THALAI, *à Alton.*

QUoi ! de Fanni tu ne peux rien apprendre ?
(*entendant le bruit des épées.*)
Quel bruit ici fe fait entendre ! ...

(*les appercevant.*)
Que vois-je ? de Thoward on attaque les jours ! ...
Grand Dieu ! volons à fon fecours.
(*Il veut fortir , Windham rentre.*)

SCENE IX.

THALAI, ALTON, WINDHAM.

WINDHAM , *l'épée à la main.*

J'Ai dans fon fang lavé fa perfidie.
THALAI (*à Alton.*)
Mais c'en eft fait ! ... Alton, va, cours ;

Et tâche, par tes foins, de le rendre à la vie.

(à Windham) (Alton fort.)

Monftre que l'enfer a vomi,

Tu viens de frapper mon ami :

Victime, hélas ! de ta furie . . . .

W I N D H A M froidement.

Ton ami ! lui ? . . . non, non ; fi tu connois l'honneur

Il ne l'eft pas. Sais-tu quel eft fon crime ?

T H A L A I.

Tu crois, pas ce difcours, éviter ma fureur ?

Rien ne peut te fouftraire au courroux qui m'anime

(mettant l'épée à la main.)

Il faut que, fur le champ, tu me faffes raifon.

W I N D H A M.

De quoi ? d'avoir puni l'horrible trahifon

Qui, pour toujours, m'eût couvert d'infamie

Si toutefois ton cœur perfifte en fa furie,

Me voilà prêt . . . mais fache cependant

Qu'à ton ami je dus ôter la vie :

Le lâche n'a pas craint de trahir fon ferment. . . .

(avec force.)

Il a porté la honte au fein de ma famille ;

D'un pere vertueux il a trompé la fille :

Apprends qu'en lui perçant le flanc,

J'ai fatisfait au cri du fang

Qui, chez moi, fe faifoit entendre . . .

(avec plus de force.)

J'ai rétabli l'honneur fur le front de Fanni.

T H A L A I, laiffant tomber fon épée.

Fanni ! Dieu ! que viens-je d'apprendre ? . . .

Je fuccombe. (*Il tombe affoibli, fur les rochers qui font fur le devant du théatre.*)

WINDHAM.

Le ciel à mes yeux l'a puni,
D'avoir d'un monftre embraffé la défenfe :
Le ciel toujours protégea l'innocence....

(*Thalai revient à lui.*)
Il a repris fes fens.... pour conferver fes jours
Je ne lui fuis d'aucun fecours :
Abandonnons ces lieux ; & courons à mon pere
D'un trop jufte combat apprendre le fuccès.

SCENE X.

THALAI *feul*, *revenu à lui.*

IL a nommé Fanni... Ciel ! de quels nouveaux traits
Vient-il frapper mon cœur ? Que faut-il que j'efpere ?

(*avec joie.*)
Sans doute que Fanni refpire dans ces lieux !...?

(*avec douleur ; après un long filence.*)
Mais, comment paroître à fes yeux ?
Mon crime m'a rendu fi vil, fi méprifable....
Ah ! Dieu ! que je me fens coupable !...
Et Thoward, mon ami !... fans doute il ne vit plus !

F

SCENE XI.

THALAI, ALTON.

THALAI, *à Alton.*

EH bien ! Alton ?

ALTON, *d'un air affligé.*

Nos foins ont été fuperflus.

THALAI.

(d'un air fombre.)

C'en eft donc fait !… Le ciel ainfi punit le crime ;
Coupable comme lui , je crains le même fort ;
Et bientôt une affreufe mort
Me plongera dans l'éternel abîme :
J'en recevrai l'arrêt avec plaifir ;
Oui…. vivre criminel , c'eft tous les jours mourir….

(à Alton.)
Il me fuffit, Alton , allez m'attendre ,
Et préparez tout pour partir ;
Dans un moment j'irai vous prendre.

SCENE XII.

THALAI, *feul.*

JE ne dois plus déformais m'occuper
Que du foin de chercher une époufe adorable :

Parcourons ces hameaux. Sans être condamnable ,
En croyant me fervir , Alton peut me tromper....
Mais , quel eft cet enfant ? il me paroît en peine ;
Si jeune encor , connoître le malheur !
Sur fon vifage eft peinte une aimable candeur :
Sa douleur redouble la mienne.

SCENE XIII.

THALAI, KANDIR.

KANDIR, *à part , & en pleurant.*

MAman fe plaint toujours.

THALAI, *à part , & le confidérant.*

Qu'il eft intéreffant !

(*à Kandir , avec bonté.*)   (*Il va s'affeoir.*)
Approchez , mon ami : dites- moi , cher enfant ;
A foupirer ainfi , quel fujet vous engage ?

KANDIR.

Monfieur , maman ne ceffe de pleurer :
Quand je vois fon chagrin je pleure davantage ;
Car je l'aime beaucoup.

THALAI, *à part.*

Je me fens déchirer.

KANDIR.

Pour ne pas voir fes pleurs j'ai quitté le village ;
Cela m'afflige trop.

THALAI.

Qui cause son ennui ?

KANDIR.

Elle est sans secours, sans appui.

THALAI.

Ah ! ce discours me désespere.

KANDIR.

C'est papa qui nous plonge ainsi dans la misere,
Et qui fait, à maman, répandre tant de pleurs.

THALAI, *se détournant.*

Je me sens accabler de ses propres douleurs ;
Grand Dieu ! que mon ame est émue !
Sa tendre innocence, sa vue,
Jettent le trouble dans mes sens . . . .

(*à Kandir, le prenant sur ses genoux.*)
Et ce papa, qui fait tous vos tourments,
Votre maman, dites-vous, l'aime ?

KANDIR.

Pour lui sa tendresse est extrême.

THALAI.

Et que fait-elle en ce hameau ?

KANDIR.

Nous gardons, tous deux, un troupeau ;
Mon grand papa va labourer la terre ;
Mais il est vieux & toujours si chagrin,
Que son travail ne nous rend guere :
Et bien souvent nous n'avons pas de pain.

THALAI, *à part.*

Est-il de peine plus affreuse !

Ce langage me fait mourir.

K A N D I R , *continuant.*

Le travail de maman ne fauroit nous nourrir :
    Monfieur , elle eft bien malheureufe.....
    Elle me prend fouvent fur fes genoux ,
Me preffe dans fes bras , m'embraffe , me careffe....
Elle pleure plus fort au nom de fon époux ,
Et femble , en ce moment , redoubler de tendreffe ;
Et puis , maman me dit de toujours bien l'aimer :
Je préviens fes defirs , & ne puis la calmer.

T H A L A I , *à part, & en pleurant.*

    Je ne peux retenir mes larmes :
    Ses yeux , fa voix , ont tant de charmes !....

    (*à Kandir.*)   (*en fe détournant.*)
Votre papa ; que je le blâme !...hélas !
    Je fuis moi-même en pareil cas ;
Malheureux !

K A N D I R , *vivement.*

Vous pleurez ?

T H A L A I , *vivement , & le preffant contre fon fein.*

            O mon fils !... de ma bouche
Ce nom fi doux vient de fortir :
    Je le prononce avec plaifir....
Venez entre mes bras....fon enfance me touche ;
    Votre maman , je peux la foulager.

K A N D I R , *vivement.*

Si vous daignez la protéger ,
Je vous aimerai bien.

T H A L A I.

Oui....je veux la connoître ,

L'aider : allons .... la pauvreté , peut-être ,
Rend ces deux époux malheureux :
La fortune leur est contraire ;
Et je dois réparer l'injustice des cieux ,
En soulageant moi-même leur misere :
Eh ! trop heureux , si je pouvois
Faire oublier mon crime , à force de bienfaits.

(Il sort en tenant Kandir par la main.)

ACTE III.

Le Théatre repréfente une chaumiere, où tout annonce la pauvreté. Sur le devant de la fcene, eft une table couverte d'un linge roux : on y voit du gros pain, & quelques vafes de terre ; il y a une lampe allumée fur la table, & à côté, une chaife de paille.

SCENE PREMIERE.

FANNI, *feule, & les cheveux épars.*

Uel parti faut-il prendre ? hélas ! que dois-je faire ?
Mes pleurs, cruel Windham, n'ont pu te retenir :
Tu cours, dans ta fureur .... ah ! trop barbare frere ;
    C'eft mon époux qui va périr.
    Refpecte un ingrat que j'adore :
    Écoute ma voix qui t'implore.
    Pour fléchir ton cœur irrité,
Parle, faut-il mon fang ? Et toi, qui fis mon crime,
Amour, cruel amour, dérobe la victime
    Au coup qui doit être porté :
    Prends foin.... mais j'apperçois mon pere ;
Je ne puis, un moment, pleurer en liberté.

SCENE II.

JAMES, FANNI.

JAMES.

MA fille ; ô toi qui m'eſt ſi chere !...
Tu me vois incertain , inquiet , & tremblant
Sur le ſort de Windham : quel horrible tourment !
S'il tomboit ſous les coups de ſon lâche adverſaire ?
Si le cruel Thalai , dans le ſein de mon fils ....
Mais , que dis-je ? où m'emporte une aveugle tendreſſe !
Moi , craindre pour ſes jours ! quelle indigne foibleſſe !
Qu'il venge notre honneur , & qu'il meure à ce prix ;
 Je crains bien moins ſon trépas que ſa honte.
Il n'eſt point de revers qu'un grand cœur ne ſurmonte ;
  Ma fille , c'eſt trop ſoupirer ;
 Que la raiſon en ce moment te guide :
  Mylord eſt un monſtre , un perfide ;
'Après ſa trahiſon , quoi ! tu peux le pleurer ?

FANNI, *vivement.*

Le ciel aux pleurs m'a condamnée.

(avec douleur.)
Voyez quelle eſt ma deſtinée ;
De mon état , voyez quelle eſt l'horreur....
Pardonnez-moi , ſi c'eſt un ſentiment blâmable....
 J'aime .... je ſais que Mylord eſt coupable ;
Mais , malgré tous ſes torts , il eſt cher à mon cœur...
 Et vous voulez que je l'oublie !

JAMES.

JAMES.

Acheve ; & fais mourir un pere malheureux.

FANNI.

Vous redoublez mes maux.... ô cieux !....

(avec une joie mêlée de tendreſſe.)

Si Mylord abjuroit les erreurs de ſa vie !
Si je voyois mon époux à mes pieds ;
Malgré le ſort affreux qui m'a tant pourſuivie ....

(vivement, & avec tendreſſe.)

Qu'il y vienne ; & ſes torts feront tous oubliés.

(avec feu.)

Il verra ſa Fanni, ſon épouſe attendrie,
Le baigner de ſes pleurs..... ah ! mon ame ravie....
S'il ſe pouvoit un jour...hélas !
J'en mourrois de plaiſir.

JAMES.

Va, ne l'eſpere pas ;
Ceſſe de te flatter.

FANNI.

Je ne fais quel préſage
M'annonce qu'en ce jour, tous mes maux ....

JAMES, *l'interrompant.*

Vain langage.

SCENE III.

JAMES, FANNI, HARRIS.

HARRIS.

J'Accours, Fanni, mettre fin à tes pleurs,
Et t'annoncer le plus grand des bonheurs.

On vient de voir Thalai, non loin de ce village.

F A N N I *à James, avec la plus grande vivacité.*

Mon pere !...

J A M E S, *l'interrompant vivement.*

Difcours fuperflus.

F A N N I, *toujours avec feu.*

Non, j'efpere....

SCENE IV.

FANNI, JAMES, WINDHAM, HARRIS.

W I N D H A M, *accourant avec précipitation.*

MYlord n'eft plus.

J A M E S.

Dieu ! je ferois vengé !

W I N D H A M.

Par mes coups il expire.

F A N N I.

Mon époux !... je fuccombe.... hélas !...
(*Elle s'appuie fur Harris.*)

J A M E S.

Tous mes maux font finis par ce jufte trépas ....
Mais mon fils, cher Windham, acheve de m'inftruire.

W I N D H A M.

Le ciel vient de guider mon bras :
Lui-même avoit pris foin de fervir ma vengeance,
J'ai trouvé près du bois ce lâche fuborneur ;

Son trouble à mon aspect, une secrette horreur,
Que dans mon ame excitoit sa présence,
Son œil distrait, sa voix, sa contenance;
Tout m'annonçoit le cœur que je devois frapper.
,, Défends-toi, monstre affreux, lui dis-je avec colere;
,, A ma fureur ne crois pas échapper:
,, De tes forfaits, je veux venger la terre....
Le ciel a secondé mon trop juste courroux;
Et le perfide est tombé sous mes coups.

JAMES, *avec la plus grande joie.*

Le sort peut à son gré disposer de ma vie:
Mourir sans deshonneur étoit ma seule envie.

FANNI, *en pleurant.*

Mes yeux ne verront plus Mylord.
Je viens de perdre ce que j'aime....
Jour malheureux!... ma douleur est extrême...
C'en est donc fait?... mon époux... il est mort!
Dieu! que n'ai-je le même sort?...
Ecoute-moi, Windham, écoute-moi, mon frere;
Daigne prendre soin de mon fils:
Pourrois-tu le punir du crime de son pere?
Conduis-le à la vertu, par tes sages avis;
Prononce-lui souvent le tendre nom de mere;
Dis-lui combien son destin fut affreux:
Je te pardonne tout; si, pour grace derniere,
Tu veux bien accomplir le dernier de mes vœux.

WINDHAM.

Je ne t'écoute pas, cruelle;
Et si ton cœur a résolu ta mort....

FANNI, *l'interrompant vivement.*

Tout la rend nécessaire.... oui.... la rigueur du sort,
Du ciel l'injustice éternelle,

La perte d'un époux.... tout me force à mourir.

WINDHAM.

Mais de ton fils, qui guidera l'enfance ?

FANNI, tendrement.

N'auras-tu pas pitié de sa tendre innocence ?

HARRIS.

Conserve-lui tes jours.

WINDHAM.

Voudrois-tu le punir ?...

JAMES.

Sans toi que va-t-il devenir ?

FANNI.

Non, je ne puis ; ma douleur est trop vive.
Quoi ! mon époux est mort, & l'on veut que je vive !

JAMES, avec feu.

Je ne te presse plus : j'ai honte de prier.
    Mais, cruelle, tu dois t'attendre
A me voir, en ce jour, expirer le premier....
    Tu vas pleurer le pere le plus tendre....
O ma chere Fanni ! penses-tu que mon cœur,
Sans l'espoir de sauver une fille si chere,
Auroit pu, si long temps, survivre au déshonneur ?
Si j'avois, à mon gré, terminé ma carriere,
    Je te laissois en proie à la douleur.
J'ai supporté les maux , j'ai bravé la misere :
Ce que j'ai fait pour toi, ne saurois-tu le faire
Pour conserver ton fils , pour sauver cet enfant ?
Ne le chéris-tu plus ?

FANNI, alarmée.

      Que dites-vous, mon pere ?
Quoi ! vous pouvez penser ?... quel terrible moment !..

J A M E S, *continuant avec la plus grande force.*

Meurs, meurs, ingrate, & finis mon tourment.
Mais, s'il faut qu'au tombeau malgré moi tu descendes,
Il te faudra passer sur mon corps expirant....
Pour vivre encor, mes peines sont trop grandes.

F A N N I, *avec la plus grande vivacité.*

(*se précipitant dans ses bras.*)

Ah! mon pere, arrêtez.... je vole dans vos bras.
Je ne puis voir vos pleurs; & s'il faut que je vive,
Pour empêcher votre trépas,
Malgré ma douleur excessive,
Mon pere.... eh bien! je vous promets
De faire un effort sur moi-même,
Pour ne pas succomber à mon malheur extrême.

J A M E S.

Ta promesse en mon cœur va ramener la paix.

F A N N I.

Peut être que la solitude
Pourra calmer mon trouble & mon inquiétude :
Laissez moi, sans témoins, respirer un moment;
Mon ame, à la douleur en proie,
Ne peut, dans ce terrible instant,
De vos cœurs partager la joie.

J A M E S.

Eh bien, nous te quittons : mais, ma fille, crois-moi,
Si le Ciel, en ce jour, a pris notre défense,
C'est pour te venger malgré toi.
Adieu.

(*Il sort avec Windham & Harris.*)

SCENE V.

FANNI *seule.*

JE n'ai plus d'espérance :
Je perds tout en ce triste jour.
Windham , acheve ta vengeance ,
Et punis moi de mon amour.
Et toi , pere trop misérable ,
Vieillard , hélas ! infortuné ;
Toujours dans ta haine obstiné ,
Punis ta fille , elle est coupable :
Un ingrat l'a trop su charmer....
   (*tendrement.*)
Est-ce donc un crime d'aimer ?...
Mais , j'apperçois mon fils.

SCENE VI.

FANNI, THALAI, KANDIR.

FANNI, *à Kandir , qui quitte Thalai , pour aller se
jetter dans les bras de Fanni.*

DAns les bras de ta mere
Viens , cher Kandir ,
(*Thalai reste dans l'enfoncement du théatre , qu'il considere
avec horreur.*)
KANDIR.
   Dieu soit béni !

Vos larmes vont tarir.

F A N N I , *en pleurant.*

Ah ! tu n'as plus de pere.

T H A L A I , *s'avançant.*

(*reconnoiffant Fanni.*)

Qu'entends je ! quelle voix ?… jufte ciel ! c'eft Fanni!

F A N N I , *envifageant Thalai.*

Mon époux !… je me meurs.…
(*Fanni tombe évanouie fur la chaife de paille qui eft auprès
de la table.*)

T H A L A I , *fe précipitant à fes pieds.*

O ma chere Maîtreffe !.…

(*Il faifit la main de Fanni , & la baife avec tranfport.*)
C'eft mon époufe , enfin , que je tiens dans mes bras.
Fanni.… chere Fanni.… tu ne me réponds pas.…
Contre fon cœur Thalai te preffe :
Jette un regard fur ton amant ;
Ouvre les yeux , & je mourrai content.

F A N N I , *d'une voix foible.*

Hélas !…

T H A L A I *avec feu.*

O cher objet d'amour & de tendreffe !
Tu vois un criminel qui meurt de repentir …
Par le chagrin fon ame confumée ,
A d'autre fentiment ne fauroit plus s'ouvrir.

F A N N I , *avec la joie du fentiment.*

Quoi ! c'eft vous , cher Thalai !.. mes ennuis vont finir.…
Ah ! M'aimez-vous encor ?

T H A L A I , *avec la plus grande vivacité.*

Je t'ai toujours aimée.…

Oui, Fanni, tu vois ton époux ;
Ton amant … oui, je cede au transport qui m'anime ;
Et je reprends la vie à tes genoux,
Si tu peux pardonner mon crime.

FANNI, *en pleurant de joie.*

Je retrouve un époux … c'est le plus grand bonheur…

(*le regardant tendrement.*)
Mon ami, ma joie est extrême.

THALAI, *avec chaleur.*

Malgré tous mes forfaits, ma chere Fanni m'aime !
Elle peut me voir sans horreur !…
Grand Dieu, que de vertus !… chere épouse, à mon cœur
Tu n'en deviendras que plus chere.

FANNI, *toujours avec tendreffe.*

'Ah ! Mylord, avez-vous embraffé votre fils ?…

(*à Kandir, qu'elle conduit aux pieds de Thalai.*)
Cours, cher enfant, dans les bras de ton pere.

THALAI, *l'embraffant avec tranfport.*

(*à Fanni.*)
Mon fils !.. mon fils !… ainfi tu me punis ?…

FANNI.

Il vous auroit appris ma trifte deftinée.
Ce fruit d'un malheureux amour,
Vous auroit rappellé fa mere infortunée.
N'en doutez pas, Mylord, fi cet heureux retour
Eût encor retardé d'un jour,
Jamais vous ne m'euffiez revue.

THALAI, *avec la plus grande chaleur.*

Ceffe de rappeller à mon ame éperdue,
D'affreux égarements, des crimes odieux.…

Tou

Ton époux n'a que trop à rougir à tes yeux :
Il n'ose, qu'en tremblant, jeter sur toi la vue ;
Il sent plus que jamais sa lâche trahison....
Tout mon cœur en frémit.... eh ! par quelle action,
  Te pourrai-je, ô ma tendre amie !
  Faire oublier ma barbarie ?...
 Ah ! trop long-temps j'ai fait couler tes pleurs.
Si pour un si grand crime il étoit quelque excuse,
Je pourrois de Thoward alléguer les noirceurs,
Et rejeter sur lui mes funestes erreurs ;
Mais, non ; le remords même en ce moment m'accuse :
Il vient, en traits de sang, me peindre tes malheurs...
 (*Examinant avec horreur le pain qui est sur la table.*)
Eh, quoi ! ce pain grossier étoit ta nourriture ?...
  Tout me retrace ici ma cruauté ;
 Et mes forfaits révoltent la nature....

  (*Fanni court à lui ; il s'en éloigne.*)
 En vain, Fanni, ta générosité
Jette sur ton époux un regard favorable,
Rien ne peut excuser un cœur aussi coupable ;
  Tu dois à jamais le haïr.

   F A N N I.

  Cher Thalai, que ce repentir
  A de charmes pour ton épouse !
Conserve-lui ton cœur jusqu'au dernier soupir ;
  De ce seul bien elle est jalouse....
Tu la verras toujours t'aimer & te chérir....

 (*lui tendant les bras.*)
Mon ami !...mon époux !...

  T H A L A I, *se précipitant dans ses bras.*

     Oui, tu seras ma femme,
Ma souveraine ; enfin, l'idole de mon ame,
Que mes crimes affreux....

      H

FANNI, *tendrement.*

Ils font tous oubliés....
Mais j'apperçois Windham; c'eft mon frere..il s'avance.
Mon pere eft avec lui : que je crains fa préfence !
Courons nous jeter à fes pieds.

THALAI.

Mon cœur frémit.... que pourrai-je lui dire ?

SCENE VII & *derniere.*

JAMES, FANNI, THALAI, WINDHAM,
HARRIS, KANDIR.

JAMES, *reconnoiffant Thalai.*

O Ciel ! Thalai ?...

WINDHAM, *avec la plus grande furprife.*

Quel fang ai-je donc répandu ?

THALAI, *froidement.*

Celui du criminel....

JAMES, *vivement.*

Lorfque Thalai refpire !

THALAI.

Écoutez-moi.

FANNI, *à James.*

Mon époux m'eft rendu !

JAMES, *à Fanni.*

Il fe trompe.

THALAI.

Mon pere, écoutez-oi.

JAMES, *avec indignation.*

Ton pere !

THALAI, *avec feu.*

Oui, je suis votre fils....

JAMES, *avec dédain.*

Qui te donne ce nom ?

THALAI, *froidement.*

(*long silence.*)
Mon repentir... daignez m'accorder le pardon....

JAMES, *l'interrompant.*

Ton repentir !... peut-il être sincere ?

FANNI, *vivement.*

Oui, Thalai m'aime encore ; il m'a rendu son cœur....
Mon pere, voyez sa douleur,
Et ne rejetez pas l'époux de votre fille :
Un traître, trop long-temps, avoit su l'égarer....
Il a connu son crime....

THALAI, *avec noblesse.*

Et vient le réparer,
En faisant le bonheur d'une honnête famille.

JAMES.

Quelles preuves, dis-moi, de ta sincérité ?
Quels sermens....

THALAI.

Un mot.... ma parole :
J'ajoute ; le remords dont je suis tourmenté....
Les pleurs, qu'enfin....

JAMES, *l'interrompant.*

Preuve frivole.

(*froidement.*)
Ecoute, & juge toi, Mylord.
Qui peut trahir l'objet de sa tendresse,
Doit-il donc espérer encor
Que l'on se fie à sa promesse ?

(*reprenant vivement.*)
Quiconque a le cœur assez bas....

THALAT, *l'interrompant vivement.*

Mon pere !.... écoutez-moi, mon pere !

(*Kandir va auprès d'Harris, lui donne la main, & lui
parle pas.*)

Je mérite votre colere,
Je le confesse ; & mon trépas,
Pour vous venger, ne vous suffiroit pas :
J'abandonnai Fanni ... mais mon cœur, je vous jure,
N'eut point de part à cette injure.
Les menaces d'un oncle inflexible & cruel ;
Les conseils de Thoward, que Windham, & le Ciel
A mes yeux ont puni de sa scélératesse ;
Des plaisirs de la cour la trop flatteuse yvresse,
Le tourbillon du monde & ses attraits puissants,
L'espoir de m'avancer, une grande jeunesse :
Tout put me faire alors oublier mes serments....
Ah ! que j'ai payé cher mon indigne foiblesse !...
Mais, touché de mon repentir,
Le juste ciel, qui pour moi s'intéresse,
Au cher objet de ma tendresse
Veut à jamais me réunir.

(*continuant avec le plus grand feu.*)
Plus de chagrins & plus d'alarmes....
Le tendre amour vient essuyer nos larmes ;
Je me vois libre, & veux tout réparer:
Reconnoître ma femme, à jamais l'adorer ;

Et si c'est peu, pour effacer mon crime,
Que le remords dont je me sens saisir....
Frappez ; vous devez me punir....

(*se jettant à ses pieds.*)
A vos genoux, vous voyez la victime ;

(*Montrant son sein.*)
Percez ce cœur ; & Thalai meurt content....

(*avec la plus grande tendresse.*)
Ah ! mon pere !.... mon tendre pere....
Permettez-moi ce nom, à mon heure derniere ;
Que j'expire en le prononçant.

J A M E S, *le relevant.*

Si ton repentir est sincere,
Je ne vois plus en toi qu'un fils ;
Releve-toi.

T H A L A I, *se relevant.*
Tous mes maux sont finis.
J A M E S, *avec transport.*
Embrasse-moi.

T H A L A I, *l'embrassant.*

(*à Windham.*)
Mon pere !.... & vous, mon frere,
Voudrez-vous bien aussi me pardonner ?

W I N D H A M.

Votre retour, Mylord, vient de tout terminer.
Et plus que vous, je me croirois blâmable,
Si je pouvois balancer un moment :
J'ai dû punir Thalai quand il étoit coupable ;
Je dois lui pardonner quand il est repentant.

T H A L A I.
Ah, ciel ! votre bonté m'accable.

FANNI, *à Harris.*

Tu dois partager mes plaisirs ;
Ton cœur , Harris , a partagé mes peines.

HARRIS.

Le sort remplit tous mes desirs ,
Je revois ton époux dans ses premieres chaînes ...
(*elle l'embrasse.*)
Embrasse-moi , Fanni.

JAMES.

Mes amis , chers enfants !..
Ce jour répare seul , un long cours de souffrance.
Soyez unis , vivez long-temps ;
Et que sur vous la céleste puissance
Répande ses bienfaits , & resserre vos nœuds ;
Je vous vois réunis .... le ciel comble mes vœux.

THALAI.

Allons tous célébrer cette heureuse journée.
Nos ames vont jouir d'une autre destinée ....
Puisse la joie au chagrin succéder ,
Et toujours le bonheur à nos jours présider.
Aux vertus de Fanni Londres va rendre hommage ;
Aimable & tendre , aussi belle que sage ,
Elle va charmer tous les cœurs.
On blâmera l'excès de mes rigueurs ,
En contemplant l'innocente victime
Qu'avec tant de noirceur mon ame a pu trahir ....
Mais on doit pardonner mon crime ,
En faveur de mon repentir.

Fin du troisieme & dernier acte.

www.ingramcontent.com/pod-product-compliance
Ingram Content Group UK Ltd.
Pitfield, Milton Keynes, MK11 3LW, UK
UKHW021014220726
13924UKWH00002B/976

9 782019 979140